어찌어찌 살게 되었건

삶은 녹록지 않은가 하여이다

2

정관영 시집

어찌어찌 살게 되었건

삶은 녹록지 않은가 하여이다

2

생각나눔

목 차

⋮

좋은 옷, 좋은 집, 충분한 재력은
표현된 행복이라고도
볼 수 있겠지요만
그것이 꼭 충만감이라고는 할 수 없겠지요

충만감은 가슴이 느끼는가 합니다
충만한 행복이라고
때로는 속일 수 있을지라도
가슴만은 속일 수 없는 것이
그 때문인가 합니다

그렇게 자문하여 보자
상처받을까 여전히 움츠러드는 마음을 살펴
스스로 어루만겨 보자

내 안의 목소리

고요히 있어보매
어렴풋이 들려오는 소리

묻거나 묻지 않거나
귀 기울여 고요히 있어보면

거기
어렴풋이 들려오는 소리

지그시 눈 감아보면
비로소 알겠네

묻거나 묻지 않거나
거기 내 안의 목소리

함께 가는 여행

그대들이 없이
이 여행이 되겠오

서로가 매혹적이고 매력적인
그대들이 없이
이 여행에 모험이 있겠고 도전이 있겠오

홀로 가는 여행이 아니라
함께 가는 여행이어서
사랑이 있고 부딪침이 있고 갈등도 있으니

함께하는 이 여행이
매혹적이고 매력적이지 아니하겠오

그대여,

어찌어찌 살게 되었건

그대와 함께 같이 여행하는 그들을 보소
때로는 그대의 상처이고
때로는 그대의 벗이요 스승이 되며
그대의 여행길이 지루할 수 없는
그들을 보소

서로가 매혹적이고 매력적인
그들이 없이
그대의 여행이 되겠오

곳곳이 매혹적이고 매력적인 것은
그대들이 있어
함께 여행하기 때문인가 하오

삶의 시작과 끝

어느 날
어떤 존재의 속으로 들어갑니다

그 존재가 곧 나라는 동일시가 이루어지면
그 존재로서의 삶이 시작되는가 합니다

나의 의식은
그 존재의 깊은 속으로 잠겨 들어갑니다

어느 날
그 존재에 구속된 의식이 벗어나고자 합니다
그 존재와의 동일시에서 회귀하고자 합니다

그 존재로서의 삶이요 경험에
막을 내려야 할 때가 오는가 합니다

삶의 시작이 이루어지듯

삶의 끝이 그렇게 이루어지는가 합니다

노을 붉은 한강

한강에 석양 지고 노을 지면
북풍 찬 바람
한강은 가는 길 멈추고
알 듯 모를 듯 님의 미소
시절은 냉랭한 겨울이라네

님아, 한강에 석양 지고 노을 지면
가는 듯 마는 듯 구름은 무심해도
노을 붉은 그대의 설움
이내 가슴은 먹먹하오

한강에 석양 지고 노을 지면
알 듯 모를 듯 그대의 미소

북풍 찬 바람에 몸은 움츠러들고

노을 붉은 석양
한강의 밤은
그렇게 깊어만 가는구려

조계사

조계사 앞뜰에 커다란 나무
옹기종기 자리 잡은 의자
하나에 앉으니

법당 안의 부처님 지그시 웃으시고
붉디붉은 연등 사이사이
햇살은 눈이 부시네

이내 눈을 감고
마음 고요히 침묵에 잠겨 보려니

아아, 어느 결에 살랑살랑 불어오는 바람
마음은 온데간데없고
고개는 절로 숙여지네

법당 안의 부처님

어찌어찌 살게 되었건

이 사람의 고개가 절로 숙여져도

오늘은 근기 부족이라 탓하지 마소

삶은 녹록지 않은가 하여이다 2

산사 아니 올라도

이른 아침 간만에 나섰건만
두어 능선도 다 오르지 못하네

바위에 걸터앉아 한 숨 쉬려니
아침 해는 이미 높이 떠있네

희뿌연 안개 걷히면서
안개 사이로 드러나는 도시

서너 걸음이면 닿을 산사에선
아미타불 아미타불 독경소리

서너 걸음 아니 올라도
그저 한 소절 한 소절 따라 내어보니

어찌어찌 살게 되었건

이내 마음에 안개가 걷히는 듯

산사는 훗날 다시 기약하여 오려네

삶은 녹록지 않은가 하여이다 2

꽃잎의 연정

날도 지지 않은 하늘에
저리 달이 뜸은 어쩌오

준비도 아니 되었는데
흔들리는 마음

이제 다 피어나려는데
바람에 흩날리는 꽃잎

바람을 탓하리오
그리운 심정을 탓하리오

날도 지지 않아 뜬 달
바삐 서두른 연유는 몰라도

어찌어찌 살게 되었건

바람에 흩날리는 꽃잎은
이내 마음 알았는가 보오

어느 날 문득

어느 날 문득
내게 일어난 모든 일이
내게서 비롯된 것은 아닐까

내가 원인이요
혹 그 결과가 지금의 내가 아닐까
그저 일어나는 일은 없지 않을까

보이는 모습 다르고
믿는 바 같은 이 하나도 없건만

어느 날 문득
우리가 생겨 난 근본은 한 생명이 아닐까
우리는 같은 근본에서 난 한 형제가 아닐까

어찌어찌 살게 되었건

그럼에도

나의 어깨는 여전히 아프고

나의 삶은 여전히 고뇌이요 갈등인가 하며

마음 속 평온은 쉬이 오지를 않는가 합니다

오십하고 중반

한 생각 품은즉 육신으로 나고
한 생각 한 생각 더하니
그렇게 오십하고 중반

돌아보니 후회요
돌아보니 미련인가 하네

하늘은 청명하고
구름은 한가롭나니

여직 풀어내지 못한 생각과
생각은 끊이지 않네

그저 한 세월 남아 있다면
후회와 미련 남지 않기를

어찌어찌 살게 되었건

온전히 사랑하며

한마음 베풀기 주저하지 않기를

청명한 하늘

한가로운 구름에 빌어볼 뿐인가 하오

의식과 형체

의식은 형체요
형체는 의식이라

의식은 스스로를 나타내 보이나니
의식이 흐르며 보이는 곳곳마다
곳곳에 맞는 의식과 본능이 생겨나네

곳곳의 의식은
자신에 맞는 형체의 이데아를 낳고

이데아를 닮은 형체는
비로소 하나씩 하나씩 모습을 드러내니

저마다의 형체는 자신만의 의식으로
자신만의 개성을 드러내 보이네

의식은 형체요 형체는 의식이라
의식과 형체가 본시 하나로 움직이니

저마다의 의식은 저의 근본 찾아
멀고 먼 우주 여행의 길을 떠나네

서로 서로 이끌어주고 밀어주며
삶의 시작이 그렇게 시작되었는가 하네

햇살과 졸음

봄날 따습기로
고개 들어 바라보니 눈부신 햇살

햇살 비치는 연유를 내는 모르겠소
그저 절로 감기워지는 눈

지친 다리 핑계 삼아
쉬어볼까 앉은 언덕배기

아아, 봄날의 햇살이 그렇기로
쏟아지는 이 졸음은 어찌하오

지친 다리는 다시 일어설 줄 몰라 하니
봄날 쏟아지는 이 졸음은 어찌하오

봄날의 행복

햇볕 따스하나니
온 거리가 빛나고 눈이 부시나니

봄날이어서
따스한 햇볕이어서
더욱 행복한 봄날
그 햇볕 속으로 들어가 봅니다

봄날의 하늘과
봄날의 거리와
봄날의 사람과
봄날의 새들과
봄날의 꽃들을 바라 봅니다

아~ 햇볕 속이 아니어도
꼭 햇볕 속이 아니어도
행복은 늘상 있어 왔구나

봄날이 아니어도
꼭 봄날이 아니어도
나는 언제나 행복할 수 있었구나

봄날을 아니 기다려도
따스한 햇볕이 꼭 아니어도

늘상이 지금이요
지금이 늘상인 양

어찌어찌 살게 되었건

행복이 나요
내가 행복이 될 수 있겠구나

따스한 햇볕이어서
더욱 행복할 수 있는 지금은
봄날인가 합니다

행복은 충만감

행복은 충만감인가 합니다
하늘나라 창고에 쌓을 부(富)는
충만감인가 합니다

좋은 옷, 좋은 집, 충분한 재력은
표현된 행복이라 볼 수도 있겠지요만
그것이 꼭 충만감이라고는 할 수 없겠지요

충만감은 가슴이 느끼는가 합니다
충만한 행복이라고
때로는 속일 수 있을지라도
가슴만은 속일 수 없는 것이
그 때문인가 합니다

가슴은 우리 영혼의 느낌인가 합니다
영혼은 느끼나니

어찌어찌 살게 되었건

충만함으로 가득한 행복을

하늘나라 창고에 쌓을 수 있는 것은
바로 그 느낌인가 합니다

좋은 옷과 좋은 집
스스로 자부하는 인격과 지성은
그 어느 것도 하늘나라에 쌓을 수 없을까 합니다

잠시 잠깐의 세월 향유할 수는 있어도
세월을 다하면 사라지고 없어지는 것이 아니겠는지요
없어지는 것은
하늘나라 창고에 쌓을 수 없을까 합니다

그대도 그대의 가슴을 가득 채우는
충만감을 느끼고 있을 것입니다

그대는 그대의 하늘나라 창고에

얼마나 많은 충만감을 쌓아 두고 있는지요

상처

상처인 줄로만 알았는데
그리움이었구려

당신은 알았는가

잊혀진 줄로 알았던
그 상처가
그리움이었음을

나는 몰랐오

멀고 머언 옛날부터
우리가 놓을 수 없었던 그리움이었음을

순리에 맡기는 평온함

이 세상에 와서 이 세상을 떠나기까지
한 삶을 산다 하오면

거기 슬픔도 있고
고통도 있을 한 삶을 산다 하오면
그대 때론 슬픔이요 때론 고통스럽겠지요

그러나 살아 온 세월 돌아보면
슬픔이 있어 위로가 있었고
고통이 있어 치유가 있었지 않았나요

슬픔에 슬플지라도
고통에 고통스러울지라도
순리로 가는 삶의 자연스런 한 표현으로
생각해볼 수 있다면

어찌어찌 살게 되었건

그리하면

슬픔에 슬플지라도

고통에 고통스러울지라도

순리에 맡기는 평온함으로

한 삶을 살 수 있지 않을까 합니다

움츠러드는 사랑

그에게 나는 어떤 존재일까
불현듯 떠오르는 생각

혹여 반갑지도 기쁘지도 않은
그런 존재는 아닐까
불현듯 생각이 떠오르면

스스로 반문하여 보자
그는 나에게 어떤 존재일까
그는 나에게 반갑고 기쁜 존재인가
그와 더불어 같이 있으면
더불어 같이 있어 편안한가

불현듯 떠오르는 생각
그렇게 자문하여 보자

어찌어찌 살게 되었건

그리고 다시 자문하여 보자
나는 그를 사랑하는가
혹여 그가 반겨하지 않더라도
나는 그를 사랑하는가

다시 고요히 자문하여 보자
그의 사랑이 있어야 그를 사랑할 수 있는가
어찌하여 사랑이 편하지 않은가
어찌하여 상처받을 것을 먼저 생각하는가

살아있고 존재하는 자체로
기쁘고 행복했던 기억
그 기억으로 사랑할 수는 없는가

불현듯 생각이 떠오르면
그렇게 자문하여 보자

상처받을까 여전히 움츠러드는 마음을 살펴
스스로 어루만져 보자

그리고 조용히 그에게 건네어 보자
사랑합니다
당신을 사랑합니다

원하는 것 어떤 것도 없이
다가갈 수 있고

원하는 것 어떤 것도 없이
떨어져도 있을 수 있는 사랑

어떠한 의도도 없이
만남이 편하고 떨어져 있음도 편하도록

조용히 나 자신에게도 건네어 보자

나를 사랑합니다

그리고 당신을 사랑합니다

형제

그대의 주위와 하나가 되어 보세요
그대와 더불어 이 삶 속으로 함께 들어 온
그대의 형제요 동료로 보세요

보이는 모습이 설령 다를지라도
서로 다를 것이 없는 형제로 보세요

더불어 같이 웃고
더불어 같이 슬퍼하고 공감하며
더불어 같이 하나가 되어 보세요

살아가는 모습이 다르고
생각하고 믿는 것이 다를지라도
서로 다를 것이 없는 형제로 보세요

그렇게 그대의 주위와 하나가 되어 보세요
그대의 형제가 없이 그대만으로 존재할 수 없고
그대없이 그대의 형제도 있을 수 없을까 하오니
그렇게 그대의 주위와 하나가 되어 보세요

소행사

소소하지만 확실한 행복
소확행이라 하나요
저는 달리 말하여 보고자 합니다
소소한 것에도 행복할 줄 아는 사람
소행사

소소하건 소소하지 아니하건
행복할 줄 아는 사람이고자 합니다
당신은 행복할 줄 아시나요
당신도 나도 행복할 줄 알았으면 좋겠습니다

소소한 것에도 행복할 줄 아는 이는
웃을 줄도 알고
감사할 줄도 알지 않을까 합니다

행복할 줄 알면
상처받은 마음도 쉬이 치유할 수 있지 않을까
행복할 줄 알면
혼자만의 행복이 아니라
우리 모두의 행복도 생각하지 않을까 합니다

당신은 행복할 줄 아나요
당신을 만나 저는 행복합니다

삶과 존재

살아야 하는 삶의 모습이
꼭 이 하나가 아니면

삶과 삶이 연이으매
끝이 있지 아니하면

삶을 사는 존재
삶이 영원하매
존재 또한 영원하다 아니 하겠오

그 모습이 다를 저마다의 삶마다
나고 떠남이 꿈만 같아
오고 감을 알지 못할 뿐

삶이 없이 존재가 있을 수 없고
존재가 존재함이 곧 삶인가 하오면

삶과 나는 분리될 수 없는 한 몸

삶이 나요
내가 곧 삶인가 하오매
삶은 영원하고
이내 존재 또한 영원하다 아니 하겠오

삶은 녹록지 않은가 하여이다 2

구속과 자유

구속되어 있음을 알고서야
자유로울 수 있음을
어렴풋이나마 느끼게 되면서

그대 들어보소

자유는 스스로 자유로움을
알지 못하는가 합니다

구속되어 있지 않는 자유는
자신의 자유로움을 느낄 수 없는가 합니다

그러므로 그대 자유롭고자 하오면
그대 존재가 비롯된 근원
벗어 날 수 없는 그 구속을 느껴 보세요
그대 근원 안에 있는 사랑을 느껴 보세요

어찌어찌 살게 되었건

구속은 사랑이나니
그대 그 근원 안에 있을 때
비로소 그대가 자유로운 존재임을
느낄 수 있지 않을까 합니다

바닷가의 일출

하늘을 메운 구름
달빛 새는 것은 가리지 못하더니
다 어디로 갔는가

이른 새벽의 바닷가
손발이 차갑기로 바람은 서늘하고
한 점 구름도 없는 하늘엔
달만 홀로이 떠있네

이제사 날이 새어 오려는가
모래사장엔 처얼썩 처얼썩
파도 소리 요란한 바다
저 멀리 짙어가는 어둠

등대는 연신 어둠을 비추고
등대 위로는 언제나 그렇듯 빛나는 별 하나

하늘은 석양보다 붉은
이제사 붉어져만 가려는데
아쉽구나
이른 새벽 바닷가의 일출

서둘러 발길을 돌려야 하나니
아쉽구나
이른 새벽 바닷가의 일출

기쁘다

기쁘다
기쁘다
다른 날보더 더 기뻐할 이유도 없건만
그저 기쁘다

이유가 굳이 있어야 하면
살아 있어서 기쁘고
함께 하여 주어서 고맙고
그저 기쁠 뿐인가 하니

살아서
함께 하여 주는 모두가
더불어 함께 기쁠 수 있기만을 바랄 뿐이네

나의 길

돌이켜보면 더 좋은 길
가지 않아 못내 아쉬운 길

걷고 있는 지금의 이 길은
걸음 걸음 걱정이 앞서네

아서라 아서라
가지 않아 못내 아쉬워도
걸음 걸음 걱정이 끊이지 아니하여도

나의 행복
나의 사랑
나의 기쁨은
지금 가는 이 길
곳곳마다 숨겨져 있지 아니하겠오

가는 겨울 오는 봄

올겨울은 지난겨울에 비해
유난히 매서웠던 것 같습니다

이제 매서웠던 겨울이 가고
봄이 오겠지요

그러나 지나갈 겨울은 겨울대로
다가올 봄은 봄대로 모두 좋을 것 같습니다

그래서 앞으로 올 순간
앞으로 올 계절에 대한 기대가 있어
좋기도 하지만

지금 보내고 있는 이 순간

이 계절이 오기를 기대했던

어찌어찌 살게 되었건

지난 계절의 설레임이
혹여 그대로 묻혀서 지나가 버리는 것은 아닐까

그래서 지금 이 순간
이 계절의 행복과 기쁨을
놓치고 있는 것은 없을까 돌아도 보게 됩니다

언제나 좋은 일만 있는 것이 아니라 하오면
언제나 좋지 않은 일만 있는 것도 아니오니

기쁨도 슬픔도 고통도 시련도 행복도
좋은 일이거나 좋지 않은 일이거나

오면 오는 대로
혹여 놓치고 있는 것은 아닐까

올 것은 오고
지나갈 것은 지나갈지니

앞으로 올 것 기대함만 말고
이 계절을 사는 지금 이 순간
혹여 놓치고 있는 것은 없을까
돌아도 보게 됩니다

빛나는 숲

빛줄기 쏟아져 내리는 숲과
숲 속으로 난 길을 본 적이 있나요

늘 적막하여
적막한 줄 모르는 숲

숲과 숲 속으로 난 길을 관통하여
쏟아져 내리는 빛줄기

늘 적막하여 적막한 줄 모르는
깊은 침묵 속에

눈이 부시게 빛나는 빛줄기 따라
그대 들어가 본 적이 있나요

늦은 여름밤

늦은 여름밤 고개 들어 보니
아득한 어둠 우주는 깊고 말이 없네

늦은 여름밤 고개 들어 보니
아득한 심연 구름은 잠잠히 떠다니네

바람은 불어도
오는 데 가는 데 알 수 없고

어둠 속 저 너머로는
빛나는 별들이 하나 둘 하나 둘

하늘은
끝없이 열려있는 어둠

늦은 여름밤 고개 들어 보니
우주는 깊고 말이 없구나

움켜쥐고 놓지 않는 것

내가 움켜쥐고 놓지 않는 것
나를 움켜쥐고 놓지 않는 것

아주 사소한 것이라도 놓아봅니다

감당할 수 있을 만큼
조금씩 조금씩 놓아봅니다

여전히 두렵고 불안하여
다시 움켜쥐게 되어도

다시 용기를 내어 놓아봅니다

마음이 비워져 가는 공간과
움켜쥔 것으로부터 벗어난 자유를 바라봅니다

어찌어찌 살게 되었건

매 순간 순간
어디에도 구속되지 않는 자유를 느껴 봅니다

움켜쥐고 놓지 못하는 모든 것이 나의 한계
오늘도 감당할 수 있을 만큼
조금씩 조금씩 놓아봅니다

삶은 녹록지 않은가 하여이다 2

생명 1

생명이 넘쳐나네
존재하는 모든 것에 생명이 넘쳐나네

바다 위를 나는 새 하나 하나에도
구름과 구름 위의 하늘에도
존재하는 모든 것에 생명이 넘쳐나네

자각하거나 자각하지 못하거나
저마다의 인식이 달라도
존재하는 모든 것에 생명이 넘쳐나네

보이는 모습이 저마다 달라도
존재하는 모든 것
나고 자라며 오늘도 생명이 넘쳐나네

어찌어찌 살게 되었건

생명 2

삶의 시작과 끝은 생명이나니

살아있는 순간 순간이 모험
순간 순간이 곧 살아있는 신비

무릇 살아가는 모든 삶의
시작과 끝은 언제나 생명인가 합니다

굽이굽이 모험을 떠나는 생명과
생명이 온 근원을 바라봅니다

나는 여직 1

나는 여직
놓지를 못하였네

움켜쥐고 있음을 알지 못하니
놓지를 못하고

놓지를 못하니
놓여날 수 없네

나는 여직 2

나는 여직
열지 못하고 있네
있음조차 알지 못했던
내 안의 문

들고 나며
채워지고 비워져 온 숱한 세월
이미 익숙하여 생각지 아니한
내 안의 문

아는 것이 전부인 양
있음조차 알지 못했던 내 안의 문
오며 가며 있음조차 알지 못하는
내 안의 문
나는 여직 열지 못하고 있네

기도

사랑하되
사랑으로부터 자유롭기를
사랑하는 이여
사랑에서 벗어난 이 고백을 들어 주소서

고뇌하되
고뇌로부터 자유롭기를
삶이여
고뇌에서 벗어난 이 기도를 들어 주소서

사랑이 그대를 구속하지 않고
고뇌가 이내 삶을 구속지 않게

사랑하는 이여
사랑으로
사랑하게 하여 주시고

삶이여

고뇌로

고뇌하게 하여 주소서

아, 가을인가 1

가을이 오면
아, 가을인가
길 따라 길을 걸어 봅니다

아침저녁 부는 바람 찬 바람에
아, 가을인가
길 따라 길을 걸어 봅니다

낙엽 쌓인 경복궁의 돌담 거리를
아, 가을인가
낙엽 밟으며 길을 걸어 봅니다

걸어야 할 이유는 없어도
그저 가을인가
아, 가을인가 하며 길 따라 걸어 봅니다

어찌어찌 살게 되었건

소식

소식이 오겠지요

하루 이틀 기다림이
다시 하루 이틀
아니 온다 하여도
다시 하루 이틀 기다립니다

한해 두해 기다림이
다시 한해 두해
아니 온다 하여도
다시 한해 두해 기다립니다

그러다 보면
소식 아니 오겠습니까

망망한 바다

밀려오고 밀려가며
생겼다 사라지는 경계선
비켜 비켜 가며 걷다

파도 일렁이는 바다
저 깊은 속엔
무엇이 숨겨 있을까

흰 포말 쉼 없이 철썩이면
망망한 바다 위
거침없이 불어오는 바람

이내 가슴은 씻기다 씻기다
홀로이 드러나는 영혼

아쉽구나

아득한 옛날에도 그랬을
기억의 한 조각조차
상기하지 못하면

바다 저 멀리 희미한 섬
파도는 저가 왔던 곳으로 물러가고

상기되지 못한 기억은
바다 저 깊은 속
다시 잠들지니

밤은 깊고
파도는 그저 왔다 갔다 할 뿐이네

그대는 아시겠지요

잊었는가 했는데
이유도 없이 외롭거든
돌아가리오 그대에게로
그대는 외로운 그 이유를 아시겠지요

오늘도 걸음 걸음 걸을 뿐이거늘
그저 행복하거든
이유도 없이 행복하거든
돌아가리오 그대에게로
그대는 행복한 그 이유를 아시겠지요

이유 없이 외로워도
이유 없이 행복해도
언제나 잊을 수 없는 그대

그대는 아시겠지요

이유 없이 외로운 이 이유를

이유 없이 행복한 이 이유를

육십 넘어

쌓이고 쌓여 짊어진 짐이 重하니
땅에 매인 이 몸
무겁고 자유롭지 못하네

눈을 감아도 떠나지 않는 생각
생각에 매인 이 마음
무겁고 자유롭지 못하네

어찌하면 좋으오

육십 넘어 이제사
이고 짊어진 짐 하나 하나
놓아 보고 놓아 볼 수도 있겠건만

어찌어찌 살게 되었건

내내 쌓이고 쌓인 짐이

가볍지 않으니

쉬이 놓지를 못하는가 하오

파도 너머

파도 너머 바다 너머
끝이 없는 수평선

어디서부터요
바람은 파도를 몰고
파도는 넘실넘실 줄지어 오나니

제 한 몸 바람에 밀리어
이는 대로 넘치고
넘치는 대로 이나니

파도 너머 바다 너머
저 끝은 어디이요

파도가 처음으로 일렁일 저곳
저 끝은 어디이요

바닷가에만 서면
생각도 없이 바라보게 되는 저곳
저 끝은 어디이요

안(内)과 밖의 구분

지켜야 할 안(内)이 있는가
안과 밖을 구분하여 城을 쌓아 왔나니
오랜 세월 때우고 메우고 쌓아 왔나니
마음의 상처는 이제 아니 생기는가

성을 쌓기 前 또 그 前의 前은 어떠했을까
지켜야 하는 고단함에 피곤치 아니하고
지켜야 하는 自由가 없으니 自由로웠는가
지켜야 할 안(内)은 평화로웠는가

지켜야 할 안은 어데이고
막아야 할 밖은 어데인가

하늘 아래 생명이 저마다 자유롭고
만물이 하나요
하나가 만물일 수 있다면

지켜야 할 내 안(內)의 것은 무엇인가

따스하고 부드러운 햇살이면 낮으로 족하고
밤으로 세어볼 수 있는 별이 있어
그것으로 족할 것 같으면
지켜야 할 내 안(內)의 것은 무엇이 있겠는가

미루지 말라

시간이 없다
더 늦지 않게 미루지 말라

크거나 작거나 배려가 몸에 배게 하라
네가 베푼 배려 작을지라도
너의 마음은 자유로울지니
너의 발길도 자유롭다

참고 인내할 줄을 알라
참고 인내하지 못해 성낸 한순간
너의 인격은 그 자리 그곳에 메일지니
너의 마음 더는 자유로울 수 없을지니

너의 마음과 가슴의 상처를 살펴보라
더 늦지 않게 용서하고
더 늦지 않게 사랑하고

더 늦지 않게 감사하라

미루다 미루다 다시 오지 아니할까
미루다 미루다 미루면
그대의 행복 더디 오지 아니할까

그 어디에도 매이지 않는 그대의 자유
더 늦지 않게 미루지 말라

인생길

크게 벗어남이 없이 무던하다고는 하나
인생길 어디메쯤 살아야
이 길을 가게 된 연유라도 알 수 있을까

제 한몸 형상이 있다고는 하나
마음의 생김 생김 알 수 없고
감정의 일렁 일렁임에 자유롭지 못하나니

인생길 어디메쯤 살아야
이내 실체 일별이라도 하여 볼 수 있을까

지난 길 돌아보고
가야 할 길 어림잡아도
生의 끝은 死이요
死의 세계는 도시 알 길이 없네

그저 가다 서다 인생길

굽이굽이 따라가 볼 뿐인가 하오

아침이 오니

줄기차게 내리던 비
아침이 오니 그쳤네

빗소리 멈추며
사방은 고요한데

똑 똑
맺힌 빗방울이 떨어지는 소리

아니 그칠 듯
줄기차게 내리던 비도
아침이 오니 그쳤는가 보오

봄날의 꽃가루

아, 섧구나
봄이 왔기로 허공을 날아 보나

아, 섧구나
머물 곳 알지 못해 정처없나니

날다 날다 지쳐 멈추면
그 곳이 곧 내 정처(定處)인가 하네

봄날의 천지 온 허공으로 날다가
날다 날다 지쳐 멈추는 곳

바람에 취하고 봄꽃에 취해 멈추면
그 곳이 곧 내 정처(定處)인 줄로 아오

스스로 빛나는 꽃

어둠 속에서도
유난히 빛나는 꽃
이름이 무어 중요하오리까

비바람 몰아쳐도
몰아치는 대로 흔들 흔들
흔들 흔들거리어도 다시 일어서고

그럼에도
더하려도 덜하려고도 아니하는

어둠 속 홀로 있어도
스스로 빛나는 꽃

그런 꽃이 되기를

늦은 밤

밤 깊도록 나는 기도합니다

삶

애써 올라가면
내려와야 하고

애써 잡아보면
놓아야 하는

삶은 그러한가 보오

바다는 고요하고
공기는 편재(遍在)하나니

가둘 수도 없고
가두어지지도 않는

삶은 그러한가 보오

한마음

이 한마음 작아 보이어도
마음에 품지 못할 것 없나니

가진 재산 多少를 헤아리고
是是非非 궁리에 여념이 없네

삶이 有限하나
그래도 한세월이건만

아아
언제나 이내 마음 내려놓으리오

刹那보다 더 刹那 같은
언제나 이 궁리에서 벗어나 보리오

걷다 쉬다

생각 없이 걷다 쉬다
어느 집 담장 안으로
하얀 목련꽃이 피어 있네

생각 없이 걷다 쉬다
까악 까악
까마귀 울음소리에 놀라고

날도 지지 않아
하늘은 푸르른데
하늘 높이 희미한 달이 있네

무심하지 않고서
수많은 세월 어찌 흘렀을까
한강의 육중한 물줄기는

오늘도 생각 없이
걷다 쉬다 하며
그렇게 걸어보오

전율스러웠던 행복

이제는 기억도 가물 가물
흐릿하니 분명치 않은 기억

아, 내게도 오래전과 오래전의 기억
더듬어 보면
전율스러웠던 행복이 있었던 것 같다

그날 그날의 일상에 묻혀
그날 그날 잊혀져만 가는
아, 내게도
전율스러웠던 행복이 있었던 것 같다

다시 오지 않을 열정
다시 오지 않을 전율

어찌어찌 살게 되었건

전율스러웠던 그런 행복이
흐릿한 기억으로만 남은 오래전
어느 때에 있었던 것 같다

순응

長江의 물길
거스를 수 없다 하련만

가슴 깊이
떨쳐지지 않는 미련
머뭇머뭇 흘러가네

남은 미련은 어찌하오
남은 설움은 어찌하오

하염없이 가야 할 길
뒤돌아 다시 한번

그리웁다
듣는 이 없어도
나직이 불러보며

어찌어찌 살게 되었건

거스를 수 없는 운명

長江은 그렇게 흘러갑니다

삶은 녹록지 않은가 하여이다 2

매화꽃

어어 하는 사이
저기 피어난 꽃을 보매
그래, 봄이 왔는가

한두어 걸음 지나다
돌아오고
다시 한두어 걸음 지나다
돌아오고

그래, 꽃이 피었는가
그래, 봄이 왔는가

살포시 펼쳐진 예닐곱
꽃잎 꽃잎마다
바람도 쉬이 떠날 줄 모르고

이내 걸음도 가다 돌아오나니

그래, 꽃이 피었는가

그래, 봄이 왔는가

우주의 행렬

무한한 우주
행성과 행성을 건너
끝없는 행렬을 보네

더불어 공감하는 저마다의 물결
우주 곳곳으로 흐르나니
흐르는 물결은 끝이 없고

진화의 유구한 흐름
물결에 합류하고 떠남이 이어지는
영혼의 행렬은 끝이 없네

하루를 사는 생명도
계곡 사이 사이로 비행하는 새 한 마리도
꽃이며
사슴이며

어찌어찌 살게 되었건

개미 한 마리 한 마리도
저마다 들어가고 떠남이 이어지나니

무한한 우주
곳곳마다 흐르는 물결을
상상하여 보네

곳곳마다 들어가고 떠남이 이어지는
장엄한 행렬을 상상하여 보네

우주 안의 여정

우주는
그 자체가 삶인가 합니다

우리가 태어나는 곳도 우주요
떠나서 다시 여행할 곳도 우주 안이니
삶과 삶이 이어지는 기나긴 여정

삶이 우주요
우주가 곧 삶인가 합니다

우주를 떠난 삶은 없는가 합니다
우주를 떠난 여정은 없는가 합니다

끝남이 없는 기나긴 여정
우리는 우주를 관통하며 여행하는
나그네인가 합니다

어찌어찌 살게 되었건

신의 삶터

우주는 신의 삶이자 삶터

그러므로

우주 곳곳
신이 없는 곳은 없는가 합니다

우주의 나그네

어떤 모습을 취하건
여행하고 있는 곳이 어디이건
어떤 관습에 붙들려 있건

그대와 나는
우주를 여행하는 나그네

헤어지기도 하고
함께 여행도 하는
우리는 형제

혹여 갈등이 일거든
우리 모두 나그네임을
함께 여행하고 있는 형제임을
상기하여 보자

서로의 여행을 격려하고
그 경험과 느낌을 함께 나누며

봇짐 메고
다시 길을 떠나는 여행자

우리는 영원한 나그네임을
상기하여 보자

가슴에 이는 파도

어디메서인가
슬며시 고개 들며 오는 파도

그 뒤로도
줄지어 오는 물결

바닷가 해안은
끊임없이 밀려오는
흰 포말의 연이은 능선

바닷가 해안은
바람이라도 불건만

이 가슴에 이는 흰 포말은
어디메서이요

어찌어찌 살게 되었건

자다 깨어난 밤 1

한참을 잔 듯도 싶건만
밤도 깊어 야심하네

다시 잠들어 볼까
눈을 감아 보건만

내 살아온 날들의 기억
멈추어지지 않는 생각의 부침

어찌하오
날이 새어 오니
다시 잠들지 못할 듯싶구려

자다 깨어난 밤 2

깨어나 보니
아직도 한참인 깊은 밤

남은 밤으로
그대 위해 기도하오

그대 위해 기도하다
다시 잠이 오면

자다 깬 밤
남은 밤으로 다시 잠들어 볼까 하오

밤새웠네

내리는 빗소리
귀 기울여 듣다
밤새웠네

쉬이 잠들지 못해
뒤척이다

창밖의 어둠 속

귀 기울여 듣다
밤새웠네

밤을 새운 까닭
빗소리 탓이 아닐진대
밤을 새웠네

달과 별

밤 하늘에 높이 뜬 달
그 옆으로 별이 하나

거기서 훌쩍 떨어져
또 다른 별 하나

둥실 달이 뜬 밤하늘에서
별을 찾아 세어 봅니다

보일 듯
찾을 듯
별을 찾아 세어 봅니다

둥실 달이 떠서가 아니고
그저 사랑한다
말해볼까 싶습니다

어찌어찌 살게 되었건

별이 하나 또 하나 찾아서가 아니고
그저 사랑한다
말해볼까 싶습니다

밤 하늘에 높이 뜬 달
달 옆으로 별이 하나 있습니다

별이 둘
별이 셋
별을 찾아 세어 봅니다

봄볕 저 속에는

따스한 봄날
눈이 부시도록 빛나는 봄볕
저 속으로 들어가고 싶다

하던 일 멈추고
해야 할 일도 잊고서
봄볕 저 속으로 들어가고 싶다

저 속에는 사랑이 있고
저 속에는 꽃이 있으며
저 속에는 용서와 기쁨이 있고
저 속에는 자유가 있을 것 같나니

따스한 봄날
눈이 부시도록 빛나는 봄볕
저 속으로 들어가고 싶다

어찌어찌 살게 되었건

봄볕 저 속에서는
옛 추억이 주는 아련함도 있을 것 같다

봄볕이 따스한 봄날
그 속으로 들어가고 싶다

인왕산

비가 톡 톡
한 두어 톡 톡
떨어지는가 싶더니

내리 퍼붓듯
요란스레 비가 옵니다

그 소리에 놀라
창문 너머 바라봅니다

비 오는 날이면
요란스레 비 오는 날이면

창문 너머
호랑이가 살았다는 산

저 산 어데선가
우렁차게 포효하고 있을 호랑이

구름인 양 안개인 양
한 치도 볼 수 없는 날이면

희미하게 들려오는
포효 소리에 귀 기울여 봅니다

능청스런 한마디

비가 오려나
구름이 몰려오는데

지나가는 이 한마디 합니다
비가 오든지 말든지…

청계천 물길 속
떼지어 몰려가는 물고기

지나가는 이 한마디 합니다
한 마리 잡아다가…

걷다 걷다 어쩌다 듣게 되는
한마디

딱히 웃을 만한 소리가 아니어도
지나가며 듣는 한마디의 그 능청스러움에
하하 아니 웃을 수 없습니다

오늘도 그렇게 걸어 봅니다

아, 가을인가 2

길을 걷다 하루가 다르게
아, 가을인가 싶은 가을 단풍

그 잎새 잎새마다
내 아버지의 아버지
또 그 위의 아버지가
해마다 품어 안았을 꿈과

그 꿈에 서린 애틋했을 소망을
거슬러 보옵니다

끊이지 않고 이어져 온 소망을 보옵고
끊이지 않고 이어져 갈 소망을 보옵니다

그 소망의 한 자락에 서서
이내 마음

아, 가을인가

밤이 깊도록 걸어 보옵니다

내세울 만한 것

그대가 잠시 머물고 있는 그곳
그대가 잠시 취하고 있는 그 모습

그곳 그 모습이 아닌 것 같습니다
그대 삶의 실체는
그곳 그 모습이 아닌 듯싶습니다

그대 삶의 실체가 아니면
그곳 그 모습이 혹여 더 좋아 보이여도
자랑스러이 내세울 일이 아닌가 합니다

그러하매 내가 있는 이곳 이 모습으로
크게 흔들리지는 않겠지만

나의 것으로 나를 내세워 볼 그것
나의 실체라 할 수 있는 그것을
여직 알지 못하니

내세울 만한 것이 없기는
매한가지인가 합니다

잠에서 깨어나면

잠에서 깨어나면
잠시라도 등 기대앉아
눈을 감아 보오만

다 깨어나지 못한 잠
이내 삶이 있게 된 연유
혹 일별이라도 하여 볼 수 있을까

태초에 그랬을 고요함을
혹 한순간이나마 느끼어 볼 수 있을까

잠에서 깨어나면
등 기대앉아 눈을 감아 보오만

오늘도 사소하니 해야 할 일들만
아른 아른거리오이다
그려

하늘의 눈

사방 천지 고요한 속을
홀로 걸어 보는데

하늘 깊이 짙은 어둠 속
소리 없는 침묵

가는 걸음 멈추어
귀 기울여 보매

고요한 침묵 속
내려다보는 것만 같은 하늘의 눈

사방 천지 바람도 잠잠한 속을
홀로 걷다

불현듯 걸음 멈추어
하늘을 올려보오

미안하오

만물이
적막한 어둠에 감싸이게 되면

어둠 속 저 깊은 곳에 묻혀있던
별이
별이 반짝이며 빛나 옵니다

별을 바라 봅니다
미안하오
미안하오

적막한 밤으로
별이 하나씩 하나씩 빛나오면

미안하오
미안하오

온전히 사랑하지 못한 아쉬움과 미안함에
별이 하나씩 하나씩 빛나올 때면
나는 미안하오
미안하오

시월의 국화 향기

지고 선 짐이 버거울 때이면
청계천 물길 따라 걸어 보아요

지고 선 짐 다 놓고서
청계천에 놓인 돌다리도 건너 보아요

갈 곳이 없어도
광화문 앞마당 가로 질러도 보고
북촌도 서촌길도 구석구석 걸어 보아요

조계사 경내도 둘러 보고
시월의 국화 향기 따라 걸어도 보아요

그렇습니다
시월의 국화 향기는
조계사에만 있지 아니하고

어찌어찌 살게 되었건

광화문에만 있지도 아니하고
이내 마음에는 오래전부터 가득하였답니다

그래서
시월의 국화 향기를 따라 걸어 보아요

갈 곳이 정해져 있지 아니해도
지고 선 짐 모두 내려놓고서
마음이 이끄는 대로 걸어 보아요

신(神)

내가 곧 神이라고
神이라고 한다

내가 왜 神인지
神이 되는지를

스스로 깨닫지 않고서는
그러지 않고서는

내가 곧 神이라고
믿고 또 믿어도 보려 하오만

깨닫지 않고서는
받아들여지지 않는 믿음

내가 곧 神이듯

우리 모두 神이라는 믿음

그리움

크거나 작거나
깊거나 얕거나
잠시는 잊을 수 있어도

삶에는 상처가 있고 향수도 있고
그리움도 있겠지요

다만 삶이 펼쳐지는 이 세상
세상이 생겨난 연유는 아직도 내 모르겠오

세상에 태어나 살아가게 된 까닭도
내 모르겠오

하늘 아래 사방을 둘러 보아도 홀로인 듯
가슴 한켠이 아련해지는 것은 무어이오

가야 하고 가야 할 곳이 있는 양
오늘도 길 따라 걸어도 보오만
내 갈 곳이 어디인지 내 모르겠오

그저 삶에는 상처가 있고 향수도 있고
그리움도 있는가 여길 뿐인가 하오

2월의 덕담

새해도 벌써 한 달이 지나고
2월 설도 지나갑니다

지난 1월은 누구에게는
감기로 톡톡히 치른 고난의 달

첫 달 첫 단추가 그래도
늘 다짐하듯
내일은 이번 달은 올해는
복 많이 받으며 행복하고 감사하게 될 거라고

슬픈 일 힘든 일은
그래서 오면 안 된다고
온 우주에 다짐하여 둡니다

아예 행복한 한 해가 될 거라고

어찌어찌 살게 되었건

온 우주에 선포하여도 둡니다

올해도 살아있는 모든 생명
살아있어 주어서 감사하다고
함께하여 주어서 감사하다고

우리가 사랑하는 모든 이의
기쁨과 행복과 건강을
역시 온 우주에 기원하여도 봅니다

좋은 날
좋은 달
좋은 한 해가 되시기를
기원하여 봅니다

달빛 고요한 밤

오늘 밤을 밝혀 떠 있는 저 달은
내가 태어나기 이전과 그 이전
또 그 이전을 거슬러
그때도 그 밤을 밝혀 떠 있었을 달

그때도 떠 있었을 달이 그러했을 듯
오늘 이 밤의 달도
한점 바람 없이 달빛 고요하니

오늘 이 밤도
한점 생각 없이 무심커니 바라보거니

아아, 저 달은 어이해서 생겨났느뇨
내가 태어나기 이전과 그 이전
또 그 이전을 거슬러
저 달은 어이해서 생겨났느뇨

어찌어찌 살게 되었건

훗날 또 그 머언 훗날

훗날에도 떠 있을 저 달은

저 달은 어이해서 생겨났느뇨

오늘은

비가 내려가 아니라
오늘은
서로가 가진 것 내려놓고
체면도 걱정도 내려놓고
한순간도 벗어 난 적 없었을
긴장도 내려놓고

그저 있는 그대로
나는 그대를
그대는 나를
서로 견주어 희롱하고 웃어
봄은 어떠하뇨

비가 내려서가 아니라
오늘은 가진 것 내려놓고
하하호호

희희낙락

서로 견주어 희롱하고 웃다 보면

체면도 나의 이기심이요

걱정도 나의 이기심임을

긴장하지 않고 맞이한

어느 한순간인들 있었겠고

긴장하지 않고 보낸

어느 한순간인들 있었을까

살아가는 이의 숙명인 양

한순간도 벗어 난 적 없었을 긴장

하하호 호

희희낙락

서로 견주어 희롱하고 웃다 보면

오늘은 한순간이나마

내려놓아 볼 수 있지 않을까 하오

어찌어찌 살게 되었건

화창한 봄날

날씨가 화창하다
창밖을 보니 따스한 햇살,
화창한 봄날이다
몸은 늘어지고 마음은 푸근하다

밖은 따스한 봄날이어도 나는 해야 할 일이 있다
마음을 부여잡는다
해야 할 일이 있는
노트PC 화면을 뚫어져라 쳐다본다
그리고 나의 한 손은 콧구멍을 더듬는다

어느 무엇엔가 집중할 때면
나도 모르게 콧구멍을 더듬는 때가 있다
날씨가 화창해지는 봄날이면
더욱 자주 그런 것 같다

삐죽 삐져나온 코털이 있는지 콧구멍을 더듬는다
엄지와 검지손가락 비벼가며 삐져나온 코털을 찾는다

코털을 찾게 되면
엄지와 검지손가락으로 부여잡고 돌린다
코털이 저절로 빠질 때까지 계속 돌린다
돌리는 순간은 숨을 멈추어야 한다
코털을 놓치지 않기 위해
집중해야 하기 때문이다

찾았다
그런데 잡힌 코털이 두 가닥이다
두 가닥의 코털을 잡아 돌려본다
숨을 멈추고 돌려보건만 잘 안 뽑힌다
한 호흡 내에 뽑고자 숨을 참아가며 돌려본다

한 인내한다는 소리를 듣는 나는
숨을 멈추고서 뽑힐 때까지 계속 돌려본다
그래도 안 뽑힌다
이 이상 참기 어려울 것 같다
숨 한번 길게 내쉬고 다시 돌려볼까?
에라, 그냥 뽑아 버리자

나의 인내는 어디 가고 내리 잡아당겨 뽑아버린다
아뿔싸,
그렇게 뽑으면 코털 뽑힌 자리가 부어올라
이만저만 아픈 게 아닌데

어제 뽑은 코털 자리가 아직도 욱신거리고 있는데
한 호흡을 참지 못한 인내에 어디 하소연할 데도 없다
서서히 통증이 느껴오는 것 같다
이제는 콧등을 어루만진다

한순간을 참지 못해
또다시 저지른 나의 어리석음에 피식 웃는다
콧구멍 밖으로 삐죽 삐져나온 코털이
혹시 더 있지는 않은지 더듬어 본다

물론 시선은 노트PC 화면이다
창밖에는 햇살이 눈부시다
화창한 봄날인 것 같다

삶의 위대함

살아있는 생명은
모두 삶을 살아가는가 합니다

삶을 산다는 것은
저마다 하고자 하는 것, 가고자 하는 곳으로
전진해 가는 것인가 합니다

나 또한 나의 삶을 살면서
오늘도 전진해 나갑니다

그러나 헤쳐 나가야 할
삶의 환경 녹록지 아니하니
때로는 전진도 하지만
인간적 의식에 밀려
한 발자욱 조차 나아가지 못하나니
때로는 후퇴하기까지 합니다

헤쳐 나가기 녹록지 아니하기에
삶은 위대하다고 할 수 있을까요
헤쳐 나가면 보상으로 따라올 것만
자유와 평안이 삶을 위대하게 만드는
것일까요

예외의 생명 없는 것이 삶이나니
살아있는 모든 생명은 자신의 삶을 살며
자신에게 주어지는 삶의 환경을
헤쳐 나가는가 합니다

나 또한 오늘도 전진하여 나아갈 것입니다
때로는 참고 인내하며
때로는 상처를 이해하여도 볼 것이며
살아있는 모든 생명과
모든 생명이 헤쳐 나가는 그들의 삶을

사랑하여도 볼 것입니다

오히려 살아가는 과정,
전진하는 그 과정이
삶을 위대하게 하는 것은 아닐까 생각하며

나는 오늘도 다시금
전진하여 볼까 합니다

삶에 대한 나의 궁리

삶은 저의 뜻, 저의 선택과 상관없이
이미 펼쳐 놓여져 있는 것만 같습니다

제가 살고 싶은 대로가 아닌
제가 살아야 할 삶,
제가 가야 할 길이
이미 펼쳐 놓여져 있는 것만 같습니다

저는 이미 제 앞에 놓여져 있는
삶의 길을 따라 살아가는 것이 아닐까 합니다

이미 지나간 삶,
과거를 돌아보면 더욱 그런 느낌이 듭니다
마치 운명인 양
그 길을 따라 걸어온 것만 같습니다

어찌어찌 살게 되었건

앞으로 다가올 삶도 그렇게
이미 펼쳐져 놓여있는 것이면
제가 아직 가지만 않았을 뿐
과거와 다를 것이 없는 것만도 같습니다

그래서 지금 이 순간 만이 의미 있다고 하는가 봅니다

우리가 살아가야 할 미래의 그 어떤 중요한 삶도
지금이라는 이 순간은
다시 돌아올 수 없는 기억의 일부로
만들게 하기 때문인가 합니다

이미 지나간 순간도 그렇지만
이미 펼쳐져 놓여 있는 것만 같은
미래의 그 어떤 순간도 기억으로만 존재할 뿐

진실로 존재하는 것은
지금 이 순간뿐이기 때문인가 합니다

삶의 길이 바뀌지 않는다 하여도
삶을 사는 내내 선택을 하는 것은 분명한가 합니다
내가 선택을 할 수 있다는 바로 그 순간이
온전히 내가 사는 유일한 삶의 순간이요
그 순간은 언제나 바로 지금
이 순간이기 때문인가 합니다

삶이 이미 펼쳐져 놓여 있다 하여도
우리는 알지 못합니다
정해진 것 하나 없이
언제 어떻게 바뀔지 모르는 삶이면
우리는 더욱 알 수 없습니다

어찌어찌 살게 되었건

우리는 단지 지금이라는 그 순간에서만
자신의 자신에 대한 생각과 믿음에 따라
선택을 할 수 있을 뿐입니다

즉 삶이 어떠하건 미래가 지나가는 관문,
지금 이 순간 만이
우리가 살아가며 선택할 수 있는 유일한 순간임은
분명한 것 같습니다

그래서 우리가 삶을 산다고 하는 것은
그 순간 순간마다 내리는 선택의 연속
삶을 살아가는 한 계속해서 내리는
선택의 연속이라고도 할 수 있지 않을까 합니다

삶이 이미 놓여져 있어
선택과 관계없이 이미 결정되어 있는 삶이거나

선택에 따라 어떻게 바뀔지 알 수 없는 삶이거나
매 순간 순간 자신에 대해 선택을 하며 사는 것이
곧 삶인가 합니다

그래서 삶을 살아가는 우리가
삶을 살면서 정작 살펴보아야 할 것은
바로 자신의 자신에 대한 그 생각과 믿음인가 합니다

나의 삶이 전개되면서 잠깐 보여지는
외적 모습이 아니라
매 순간 순간 선택을 할 때마다
스스로에 대한 자신의 생각과 믿음이 어떠한가를
살펴 보아야 할 것 같습니다

자신의 존재를 어떻게 생각하고 이해하고 있는지
세상을 어떻게 바라보고 어떻게 이해하고 있는지

매 순간 스스로 품고 있는 생각이 어떠한지

삶을 살면서 정작 살펴보아야 할 것이
바로 그것인가 합니다

나아가 우리가 삶을 사는 이유까지 헤아려 봅니다
삶을 사는 이유가 바로 여기에 있는 것은 아닐까
생각해 봅니다

매 순간 순간마다 계속되는 선택으로
자신의 믿음을 더 자세히 살펴볼 수 있다는 것,
그것이 삶을 사는 이유가 아닐까 하고 말입니다

그것이 이미 펼쳐져 놓여있는 삶일지라도
나에 대한 나의 믿음은
온전히 내게 주어진 나만의 몫인가 합니다

나는 언제나처럼 오늘도 삶을 살아갈 것이며
나에 대한 새로운 앎, 새로운 깨달음에
애써도 볼 것입니다

삶이 한순간도 정해져 있지 아니하고
그때 그때 수시로 달라져 가는 삶이면 더욱
매 순간 순간마다
스스로 믿고 있는 나에 대한 믿음을
돌아보고자 애써 볼 것입니다

그것이 곧 삶이 아닐까 다시 한번 생각해 봅니다

누가 알겠습니까
진실로 진실로 이미 놓여져 있는 삶일지라도
생각하고 믿는 바에 따라서는
혹여 아주 조금이라도 더 나아질 수 있을지

어찌어찌 살게 되었건

혹여 아주 조금이라도 삶이 덜 고통스러울지
누가 알겠습니까

내가 가야 할 삶의 길이 어떠하건
삶을 사는 이유를
나 자신에 대한 나의 믿음을
나는 오늘도 궁리하여 봅니다

오늘 밤을 밝혀 떠 있는 저 달은
내가 태어나기 이전과 그 이전
또 그 이전을 거슬러
그때도 그 밤을 밝혀 떠 있었을 달

어머니 곁의 병실 일지

1. 11월 4일

오늘은 어머니께서 다시 항암치료를 받는 날이다.
암 수술을 받은 지 얼마 지나지 않았는데도
배에 복수가 차서 10월 한 달은 항암치료를 받지 못했다.
오늘은 항암제 약을 바꾸어서 새로 받는 날이다.

아침 눈을 떴을 때 어머니께서 보이지 않더니
당신 혼자서 화장실에 갔다 와서는
병실 복도를 걸어 다니고 계셨다.
다행히 오늘의 컨디션은 좋아 보인다.
이른 아침인데도
병실에서 나와 복도를 걷고 있는 사람은
어머니 말고도 여럿 있었다.
복도에서 스쳐 지날 때마다
저분은 어디가 아파서 오셨을까 생각한다.

그분들도 어머니를 쳐다보며
나와 똑같은 생각을 하는 것 같다.

어제까지 2인실에 있었다가 6인실로 옮겼는데
2인실에 같이 있었던 환자는
결혼한 지 1년이 조금 안 된 여자였다.
수술도 할 수 없을 만큼 암의 진행이 심해서
6개월 시한부 선고를 받았다고 한다.
오늘 새벽에 헛소리가 심해서 간호실 옆에 있는 치료실로
자리를 옮긴 모양이다.

어머니께서는 당신에게 주어진 시간은
어느 정도가 될까 말씀하신다.
앞으로 2년 아니 1년…
의사는 췌장암이면서 복수가 차게 되면
보통 통계적으로 6개월 이내라고 하였는데
나는 그렇게 말씀드릴 수가 없다.

나는 어머니의 등을 쓸어 내리면서
'어머니 안에 있는 독기와 혹 있다면 암세포도 다 빠져나

와라.'라고 주문을 외워본다.

그리고는 의사 선생님은 어떻게 하라고 가르쳐만 줄 뿐

정작 자신의 병을 치료하고 고치는 사람은 환자 본인이다

그러니 어머니께서 힘을 내고 의지를 내며 인내하고

스스로 고쳐 나가야 한다고 말씀드린다.

환자가 힘을 내는 것이

얼마나 어려운 일인지도 잘 모르면서…

2. 11월 5일

항암치료를 받을 때마다 대변을 잘 보지 못했는데

어제의 항암치료에도 역시 대변은 나오지 않고

배는 복수로 인해 더 빵빵해진 것만 같다.

복수는 오늘 뺀다고 하니 빼면 되겠거니 하지만

긴장 탓일까

나오지 않는 대변이 더 걱정된다.

어제저녁은 큰동생도 병원에서 잔다기로

나는 휴게실 소파 위에서 자고자 자리를 폈더니

옆자리에 할머니 한 분이 와 앉으신다.

그때 시각이 10시가 조금 지난 것 같았는데
어떻게 병원에 와 있느냐로 얘기를 나누게 되면서부터
그분의 지난 인생 얘기를 듣게 되었고
자정이 넘어서야 나는 겨우(^^) 잘 수 있게 되었다.

그분의 지난 인생을 정리하여 보면

부잣집에서 태어나 풍요롭게 살았다.
그러다 집안에서 결혼하라는 남자가 마음에 들지 않아
일종의 도피.
그러던 중에 많이 배우고 잘 생긴 남자를 만나 결혼.
가난한 집안이라 친정에서 집도 장만하여 주었으나
부잣집에서 온 며느리라 먼저 기를 꺾기 위해서인 듯
시어머니의 고된 시집살이.
신방을 이리 쳐다보시는가 하면
이른 새벽녘에 물을 등에 지고 나르면서 생긴 상처.
나중에 계 오야를 하게 되면서 큰돈을 벌게 된 것 하며
그 당시 빚을 갚지 못한 사람들로부터 받은
땅문서 또는 땅을
사달라는 부탁으로 땅도 보지 않고 사게 된 땅의 문서.

어찌어찌 살게 되었건

그 당시는 속이는 일이 없어서

땅문서만 받아 두었다는 것.

그 땅이 20년이 지나 자식들로부터 손 빌리지 않아도

쓸 수 있을 만큼의 돈이 되었다는 것.

당신 사주에 많은 사람이 고개를 숙이게 될 것이라는데

그때 많은 사람이 그랬다는 것.

영감은 철학원을 운영한 후

당뇨로 두 다리를 절단하는 등 고생하시다

돌아가셨고 당신 본인도 당뇨로 고생하고 있으나

사교춤을 배우고 나서는

운동도 되고 그래서 75세의 나이에 비추어

현재 자식 간호를 하고 있어도

크게 아프지 않고 있다는 것.

막내아들이 암으로 입원해 있어서

간호 중에 있다고 하신다.

그러나 자식들이 외국에 나가 있어

당신 본인이 아프게 되면 간호해 줄 사람이 없다는 것.

당신 사주는 늙어서 외로울 것이라는데

그것이 꼭 맞다는 것.

당신 아들은 사교춤에 반대하지만

나의 어머니께서 퇴원하시게 되면
사교춤을 꼭 권해 드리라고 하신다.
나이 드신 분들이 외롭고 힘든 운동을 할 수 없을 때는
사교춤이 아주 좋다고 강조하신다.

소파 한쪽에는 2인실에 같이 있었던 여자 환자의 신랑과
친정아버지께서 자고 있었던 것 같았는데
아침에 일어나 보니 소파에는 다른 사람이 자고 있었다.
오늘 새벽에 30세도 되지 않은 그 색시가 죽었다고 한다.
그 남동생이 오늘 수능시험 본다고 하던데
그 남동생은 아마도 누나의 죽음을 알지 못한 채
시험 보고 있지 않을까 싶다.

어느 누구이건 이 세상을 떠나게 되어 있다.
그러나 죽음이 끝이 아니라고 나는 믿는다.
어제 저녁 늦게까지 얘기를 나누었던 할머니께도
말씀드렸지만 죽음은 또 다른 시작일 지도 모른다고…
사람이 단지 죽는 것으로 모든 것이 끝나는 것이라면
너무 허무하지 않겠느냐고…

3. 11월 6일

··

어머니의 상태에 따라 그날 하루하루가 다르다.
그제는 항암치료를 받았는데도
어머니께서 크게 힘들어 하시지 않아
그날은 그런대로 마음이 놓이는 하루였다.

그런데 어제저녁 병원에 가보니
복수를 빼고 계셨는데
어머니께서는 내내 주무셨다.
2.5리터 정도의 복수가 나왔으나
어머니께서는 복수가 나왔느냐고 물으신다.
복수 빼느라 드시지 못했던 약도 드시고
구토 방지를 위해 주입한다는
호르몬 주사를 맞아서였을까
보기에 무척 힘들어 하시는 것 같았고
어지러워 하시는 것 같았다.

오늘 아침에도 소변 보시려고 일어나시려는데
몸이 제대로 가누어지지 않는 것이

여전히 어지러운 모양이다.

아버지는 어제저녁에 집에 가셨는데

아버지 가셨느냐고 물어보신다.

걱정이 된다.

2인실에 같이 있었던 그 여자 환자가 생각나서

더 걱정이 된다.

그 여자 환자처럼

어머니께서 혹시 무슨 말을 하고 계시는지

본인도 모르게 헛소리를 하는 것은 아닐까?

항암치료 받고 나서 하루나 이틀 지나면

힘들어 할 것이라 하였는데 그 때문일까?

만약 그 때문이라면 그나마 다행인데…

어머니께 따라 해보라면서 계속 말을 시켜 본다.

'어머니 몸속에 있는 나쁜 독기가 몸 밖으로 빠져나온다.

어머니 몸속에 있는 암세포가 점점 줄어든다.

어머니께서는 점점 더욱 좋아지고 있다.

하느님께서 돌보아 주시니 나는 감사한다.

감사합니다.'

어머니는 따라 하시다가 힘들다고 누우신다.

나는 출근버스 시간이 있어
어머니 걱정을 뒤로하고 병원을 나섰다.
막 출발하려는 출근버스를 겨우 잡아탔지만
병원에 계시는 어머니 걱정은 가시지 않는다.
회사에 도착하여 내리기 바로 전까지
잠에 빠져들었다.

4. 11월 12일
....

어머니의 수술을 담당했던 외과의사가 찾아와서
어머니의 복부에 암세포가 있단다.
복수 차게 된 것도 암세포 때문이란다.
외과에서는 더 이상 해줄 수 있는 것이 없다고 한다.

종양내과 담당 의사는
3~6개월을 내다보지만 이번 주 토요일부터
다시 항암치료하여 보잔다.

그때까지 체력이 회복된다면.

고민이다.
항암치료하게 되면 고통스러울 텐데…
그렇다고 항암치료를 포기할 수도 없고…
항암치료가 주는 고통을 생각하면
덜 고통스러울 자연식을 생각하게 되고
항암치료를 포기하자니
혹시 그래도 나아질 수 있는 기회를
일찌감치 포기하는 것은 아닌가
다시 한번 생각하지 않을 수 없으니…
항암치료를 받는다고 나아진다는 보장도 없고…

고민이다.
어머니께서는 누구든 죽는 것 아니냐 하시며
그 결과를 떠나 항암치료를 받겠다고 하신다.
항암치료가 주는 고통을 견디어 보겠다 하신다.
나는 간혹 어머니의 인내력에 놀랄 때가 많다.

5. 11월 13일

종양내과는 암수술을 받고 난 후
항암치료를 하는 곳이다.
어찌 보면 마지막 치료의 관문이라 할 수 있다.
그래서인지 이곳에서는 며칠에 한 번씩
생을 마감하는 환자를 보게 된다.
삶과 죽음의 경계선,
종양내과는 그런 곳인 것 같다.

죽은 환자의 가족은
설령 예상하고 있어도 크게 슬퍼하고 오열한다.
그러나 다른 환자와 그 보호자는
잠시 잠깐 지나고 나면
거의 신경 쓰지 않는 것 같다.

어머니 계시는 6인실의 병실 안은
지금 가죽옷으로 옷이 예쁘네, 옷이 맞네 하면서
서로가 정겹게 얘기하는 것이
죽음과는 전혀 다른 분위기이다.
며칠 전까지 같이 있었던

이 병실 안의 한 환자가 죽었다는 것은
이미 지나간 과거일 뿐이다.

환자 자신이거나 환자의 가족이라고 해서
침울해야 할 필요는 없다.
나는 이런 병실 안의 분위기에 익숙해져 간다.
어머니께서 혹 오래 사실 수 없을지도 모른다는 사실은
점점 충격적이지 않다.
나도 모르게 죽음에 한발 다가서 익숙해져 가는 것 같다.

6. 11월 17일 (1)

11월 6일에 뺀 것 같은 복수에 암세포가 있다고 한다.
새삼 새로이 듣는 얘기도 아닌데,
이미 미루어 짐작도 했고
의사도 몇 차례 그럴 거라고도 했던 얘기인데
그런데도 충격으로 다가온다.
어머니 아프실 걸 생각하니 마음이 아프다.

그러나 오늘 피검사 결과로는 모두가 다 좋단다.

엑스레이 검사 결과로도 폐에 이상이 없다고 한다.

그런데 어째서 어머니는

계속 힘이 없고 힘들어만 하시는 걸까?

의사도 어머니께서 아프고 힘들어할

특별한 이유가 없을 것 같은데

아파하시는 이유를 모르겠다고 한다.

병실 내 다른 환자는 모두 즐겁게 얘기를 나누고 있는데

어째서 어머니만 힘들고 힘이 없어 하시는지

정말 모르겠다.

어머니는 암과 투병하고 있는 것이 아니라

혹시 당신 스스로

좌절하고 무기력해하고 있는 것은 아닐까?

가슴이 답답하다고 하시는 것은 그 때문이 아닐까?

만약, 만약 그렇다면 '암'과의 투병이 아니라

'좌절과 무기력증'과의 투병이다.

죽음은 두렵지 않다.

이별은 두렵지 않다.

삶을 포기하고 이제 끝이라는 생각,

이제 끝내고 싶다는 생각과 그 무기력이 무섭다.

어머니를 간호하는 것은 힘들지 않다.

어머니께서 당신 스스로 힘내지 않는 것,

스스로 포기하고 무기력해 하는 것이 나를 힘들게 한다.

그것이 나를 슬프게도 하고 화나게도 한다.

7. 11월 17일 (2)

··

어머니의 삶은 어머니 연배의 다른 어머니들이

대부분 그랬듯이 힘들고 고생스러운 것이었다.

외할아버지 돌아가시고

외할머니께서는 재가하셨다고 한다.

그래서 어머니께서는 외삼촌 댁에서 자라게 되었으나

그 생활이 만만치 않으셨던 것 같다.

열여덟에 아버지와 결혼했으나

아버지 집안은 십 리를 걸어 들어가야 하는

산 중턱에 있는 매우 가난한 집안이었다.

그 가난이 싫고 힘들어 거의 빈손으로 서울에 올라왔단다.

다행히 새 외할아버지께서 서울의 일자리를 봐주셨고

아버지는 그때 이후로 오직 성실하게 일하셨다.
어머니는 잠시도 쉬신 적이 거의 없었다.
어머니의 그 억척스러움으로 아버지의 수입은
거의 저축할 수 있었던 모양이다.

그래서 우리 3남매는
가난을 모르고 자랄 수 있었다.
기억도 나지 않는 어릴 적의 한때를 제외하고는.
이제 3남매가 다 자라 결혼도 하고
손자 손녀도 보게 되어
큰 걱정이 없을 것 같았는데
췌장암에 걸리셨으니…

사교 댄스를 즐기실 줄도 알고,
버스를 대절하여 놀러도 여러 번 다녀오셨고
동네 배드민턴 대회에 나가 금메달도 따는 등
즐겁게도 지내셨는데…
그 억척스러움과 강인함이 다 어디로 갔는지…

8. 11월 18일 (1)

∙∙

오늘도 어머니는 크게 드시는 것 없이
병실 침대에 누워만 계셨던 모양이다.
가슴이 답답하고 배가 아플 것 같아
더는 무엇을 먹고 싶지도 않단다.

환자도 그 고통으로 힘들겠지만
간호하는 사람도 이럴 때는 무척 힘들다.
어머니께 왜 그러냐고,
힘들다고 누워만 계실 거냐고 다그쳐도 본다.
그런 어머니께 괜히 화가 나기도 한다.

나는 어머니의 그 고통을 이해하지 못하는 것 같다.
긴 병에 효자 없다고 하는데 나도 그런 모양이다.
환자를 이해하고 감싸주기 이전에
하라는 대로 따라 주지 않는 환자에게
화가 나는 것을 보면…
지금은 내가 어머니를 감싸고 보살펴 주어야 할 때이다.
지금은 내가 어머니께 베풀어야 할 때이다.

내가 어렸을 때는 어머니께서 나를 돌보아 키워 주셨고
그때의 어머니는 힘이 있었다.

지금은 병실의 침대에 누워 조금이라도 더 자려고,
그 고통을 잊어볼까 더 자려고 하시는 어머니는
이제 나의 손길을 필요로 하신다.
환자에 대해 화가 나면서도 마음은 아프다.
환자에 대한 간호가 결코 생각만큼 그렇게
쉬운 것이 아니구나
나는 화를 누그러뜨리면서 생각하게 된다

9. 11월 18일 (2)

환자인 어머니께서 힘들어 누워 계시는 동안은
나도 환자가 된다.
다른 환자와 그 보호자들과 더는 얘기할 수도 없고
웃을 수도 없다.
그저 조용히 있을 수밖에 없다.

한 간호사가 자기 신랑이라면서 자랑하고
모두들 한마디씩 하는데도
나는 한마디도 할 수가 없다.
누군가가 나누어 준 감 하나를 깎아 먹으면서도
고맙다는 인사 한마디 할 수가 없다.

어머니께서 힘들어하시는데
나 혼자 즐거워하는 것 같아서이다.
어머니께서 그나마 다른 사람들과 얘기를 나누어야
비로소 나도 웃으며 얘기라도 할 수 있게 된다.
환자를 간호한다는 것은 참으로 어려운 일이다.

어찌어찌 살게 되었건

어찌어찌 살게 되었건

삶은 녹록지 않은가 하여이다 2

펴 낸 날   2024년 05월 17일

지 은 이   정관영
펴 낸 이   이기성
기획편집   서해주, 윤가영, 이지희
표지디자인 서해주
책임마케팅 강보현, 김성욱
펴 낸 곳   도서출판 생각나눔
출판등록   제 2018-000288호
주   소   경기도 고양시 덕양구 청초로 66, 덕은리버워크 B동 1708호, 1709호
전   화   02-325-5100
팩   스   02-325-5101
홈페이지   www.생각나눔.kr
이 메 일   bookmain@think-book.com

• 책값은 표지 뒷면에 표기되어 있습니다.
  ISBN 979-11-7048-709-8 (03810)